Milena Baisch

Wirbel in der Hexenschule

Illustrationen von Martina Theisen

Loewe

Bibliografische Information Der Deutschen Bibliothek
Die Deutsche Bibliothek verzeichnet diese Publikation in der Deutschen Nationalbibliografie; detaillierte bibliografische Daten sind im Internet über *http://dnb.ddb.de* abrufbar.

Der Umwelt zuliebe ist dieses Buch auf chlorfrei gebleichtem Papier gedruckt.

ISBN 3-7855-4762-5 – 1. Auflage 2003

Umschlagillustration: Martina Theisen
Reihenlogo: Angelika Stubner
Gesamtherstellung: L.E.G.O. S.P.A., Vicenza
Printed in Italy

www.loewe-verlag.de

Inhalt

Mäusehexen

Wanda sitzt
in der Hexenschule.
Heute lernen sie
wieder Zaubersprüche.

„Saberschneck und Kribbelkraus,
Suppenfleisch und Mäuselaus!“,
sagt die Lehrerin.

Wanda träumt.
Am liebsten würde sie
mit ihrem Besen wegfliegen.
Auf eine weite Reise.

„Wanda, träume nicht!
Du bist dran.“
Die Lehrerin guckt
sehr streng.

Aber Wanda
hat nicht aufgepasst.

Sie versucht trotzdem,
den Zauberspruch aufzusagen.
„Saberschneck und Kribbelkraus,
Spinnenfleck und ...
ähm ... Läusemaus!“

Das war natürlich falsch.
„Ups, ich meinte *Mäuselaus*“,
sagt Wanda schnell.

Aber die Lehrerin
ist nicht mehr da.

Und wo sind
die anderen
kleinen Hexen hin?

„Piep, piep.“
Über Wandas Fuß
krabbelt eine Maus.

Der ganze Boden
ist plötzlich
voller Mäuse.

Das darf nicht wahr sein!
Wanda hat alle Hexen
in Mäuse verhext.

„Keine Angst!“,
ruft Wanda.
„Ich hexe euch wieder zurück!“

Das tiefe Meer

Wanda guckt
ins dicke Zauberbuch.
Da steht:

Wanda schnappt
ihre Tasche
und ihren Besen:
Eine Stunde ist nicht viel Zeit.

Der Besen saust mit Wanda
durch die Wolken,
über Berge,
bis zum Meer.

Dort landet sie
auf einem Felsen.

Dann springt sie gleich
ins Wasser.
Es ist eisig kalt.

Wanda taucht tiefer
und tiefer.

Sie schwimmt durch
einen Schwarm Fische.

Ihre Beine verfangen sich
in Schlingpflanzen.

Endlich erreicht Wanda
den Grund.

Sie entdeckt
ein paar Muscheln
und sucht die schönsten aus.

Dann schwimmt sie
schnell zurück.

Wanda klettert auf den Felsen
und steckt die Muscheln
in ihre Tasche.

Die dunkle Höhle

Die nächste Aufgabe
ist schwieriger.
Wanda denkt nach.

Ein Stein, wie ein Tropfen zart …?
Das muss ein Stalaktit sein!
Ein Stein, der wie ein Eiszapfen
von einer Höhlendecke hängt.

„Zum großen Hexenberg!“,
flüstert Wanda ihrem Besen zu.
„Schnell!“

Der Besen
zischt in die Höhe.
Wandas Haare
wehen im Wind.

Nach wenigen Minuten
landet sie vorm Hexenberg.
Wanda schaut sich um.

Den Eingang
zur Tropfsteinhöhle
findet sie schnell.

Aber die Höhle ist groß,
mit vielen Gängen
und Abzweigungen.

Langsam tastet Wanda
sich vor.
Es ist stockdunkel.

Soll sie nach links?
Oder nach rechts?

„Aua!“
Jetzt hat sie sich auch noch
den Kopf gestoßen.
An einem kleinen,
spitzen Stalaktiten!

Wanda bricht den Stein ab
und eilt zurück
zum Ausgang.

Der gefährliche Bär

Wanda würde gerne
eine Pause machen.
Aber dann fallen ihr
die Mäuse wieder ein.

Sie braucht unbedingt
noch ein Bärenhaar.

„Auf zum Hexenwald!“,
ruft Wanda.
Sie hat nur noch
eine Viertelstunde Zeit.

Sofort schwingt sich
der Besen in die Luft.

Sie fliegen
über den großen,
dichten Wald.
Wanda guckt sich um.

Unten am Flussufer
steht ein Bär
und trinkt.

Leise landet Wanda
hinter einem Rosenbusch.
Wanda hat Angst.

Bären sind
schließlich gefährlich.
Wie soll sie ihm bloß
ein Haar ausreißen?

Da richtet sich der Bär auf.
Er trottet zu einem Baum
und kratzt sich
an der Rinde den Rücken.

Wanda hat eine Idee.
Sie wartet einfach,
bis der Bär weiterzieht.

Dann läuft sie zu dem Baum.
An der Rinde hängen
ein paar
Bärenhaare.

Wanda steckt ein Haar ein.

Jetzt hat sie
nur noch drei Minuten!

Hexenmäuse

Der Besen fliegt
durchs Fenster
ins Klassenzimmer.

„Piep, piep!“,
quieken die Mäuse.

Wanda packt aus:
die Muscheln,
den Stalaktiten
und das Bärenhaar.

Dann guckt sie
ins Zauberbuch.

Dort steht der Zauberspruch.
Diesmal darf Wanda
keinen Fehler machen!

Sie sagt:
„Schlausebraus, Brauseschlaus,
Läusemaus und Mäuselaus!“

Und da werden
aus den Mäusen
wieder ganz normale Hexen.

„Juchhu!“
Wanda freut sich.

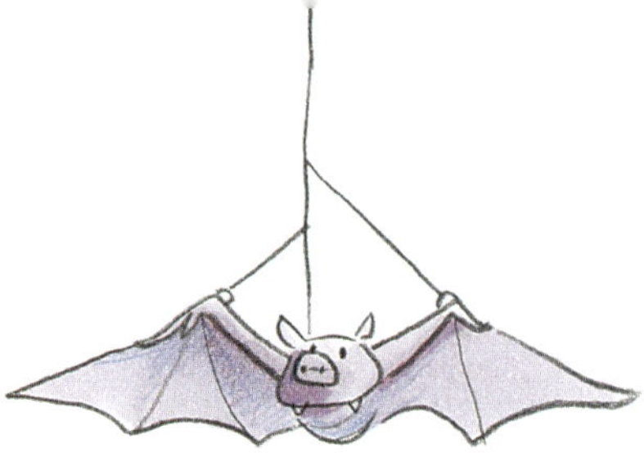

„Was ist passiert?“,
ruft die Lehrerin.

„Sie waren eine Maus,
und ich habe Sie
wieder zurückgehext“,
erklärt Wanda.

Die kleinen Hexen
in der Hexenschule kichern.

Die Lehrerin seufzt.
„Ach Wanda,
du träumst einfach zu viel.“

Wanda sagt
lieber nichts mehr.

Und sie schiebt schnell
den Seestern zurück,
der sich immer noch
in ihren Haaren versteckt.

Lesespatz

Erster Leseerfolg

Was brauchen Superspürnasen außer einem Superspürhund und einem supergeheimen Treffpunkt? Na klar – einen echten Fall! Aline, Marie und Paule beobachten von ihrem Baumhaus aus einen gemeinen Tierdieb – und Baffi, der beste Detektivhund der Welt, erschnüffelt im Gebüsch eine brandheiße Spur. Jetzt können die vier Spürnasen endlich zeigen, was in ihnen steckt!